歡迎來到菲姊妹的世界！

俏鼠菲姊妹 Tea Stilton

本書的小主人是：

徽章的秘密

菲 · 史提頓
Tea Stilton

新雅文化事業有限公司
www.sunya.com.hk

俏鼠菲姊妹 2

徽章的秘密

LA MONTAGNA PARLANTE

作者：Tea Stilton　菲·史提頓
譯者：張曦
責任編輯：潘宏飛
中文版封面設計：李成宇
中文版內文設計：羅益珠
封面繪圖：Manuela Razzi, Macro Failla, Ketty Formaggio
插圖繪畫：Massimo Asaro, Lucia Balletti, Alessandro Battan, Fabio Bono,
　　　　　Jacopo Brandi, Sergio Cabella, Barbara Di Muzio, Giorgio Di Vita,
　　　　　Marco Failla, Paolo Ferrante, Claudia Forcelloni, Danilo Loizedda,
　　　　　Giada Perissinotto, Manuela Razzi, Federica Salfo, Luca Usai;
　　　　　Cinzia Antonielli, Giulia Basile, Fabio Bonechi, Alessandra Dottori,
　　　　　Ketty Formaggio, Daniela Geremia, Donatella Melchionno,
　　　　　Micaela Tangorra
內文設計：Laura Zuccotti, Paola Cantoni, Michela Battaglin
出　　版：新雅文化事業有限公司
　　　　　香港英皇道499號北角工業大廈18樓
　　　　　電話：(852) 2138 7998　傳真：(852) 2597 4003
　　　　　網址：http://www.sunya.com.hk
　　　　　電郵：marketing@sunya.com.hk
發　　行：香港聯合書刊物流有限公司
　　　　　地址：香港新界大埔汀麗路36號中華商務印刷大廈3字樓
　　　　　電話：(852) 2150 2100　傳真：(852) 2407 3062
　　　　　電郵：info@suplogistics.com.hk
印　　刷：C & C Offset Printing Co., Ltd.
　　　　　香港新界大埔汀麗路36號
版　　次：二〇一四年七月初版
　　　　　10 9 8 7 6 5 4 3 2 1

大家好，我是菲！

我，菲·史提頓，是老鼠島上最有名的《鼠民公報》的特約記者！我愛旅行、愛冒險，也喜歡認識世界各地的朋友！

我畢業於陶福特大學。我曾經在那兒教授新聞學，並認識了五個很特別的女孩：科萊塔、妮基、潘蜜拉、寶琳娜和薇歐萊特。這是一羣很能幹的女孩，她們之間有着真摯的友誼。

出於對我的喜愛，她們以我的名字成立了一個團體：俏鼠菲姊妹。這讓我十分感動，因此，我決定親自講述她們的神奇冒險經歷，那可是一些非常有意思的、真正的冒險奇遇……

俏鼠菲姊妹！

名字：妮基

昵稱：妮可

故鄉：澳洲（大洋洲）

夢想：從事與生態學有關的職業！

愛好：喜歡戶外活動、親近大自然！

優點：只要是在戶外，心情總很好！

缺點：停不下來！

秘密：有幽閉恐怖症，受不了封閉空間！

妮基

妮基

科萊塔

名字：科萊塔

昵稱：蔻蔻

故鄉：法國（歐洲）

夢想：成為一名時尚記者！

愛好：喜歡一切粉紅色的事物！

優點：非常勇敢，樂於助人！

缺點：遲到！

秘密：放鬆方式是洗頭、燙鬈髮或做美甲！

科萊塔

名字：薇歐萊特

昵稱：薇薇

薇歐萊特

故鄉：中國（亞洲）

夢想：成為一名知名小提琴手！

愛好：學習！

優點：非常嚴謹，喜歡認識、了解新事物！

缺點：易怒，不喜歡被開玩笑！沒睡足就無法集中精力！

秘密：放鬆方式是聽古典音樂、喝果味綠茶！

寶琳娜

名字：寶琳娜

昵稱：比拉

故鄉：秘魯（南美洲）

夢想：成為科學家！

愛好：喜歡旅行、結交全世界的朋友！

優點：典型的利他主義者！

缺點：害羞、糊塗。

秘密：電腦問題對她來說易如反掌，再難都難不倒她！

寶琳娜

潘蜜拉

名字： 潘蜜拉

昵稱： 帕咪

故鄉： 坦桑尼亞（非洲）

夢想： 成為體育記者或汽車修理工！

愛好： 癡迷薄餅！

優點： 處事果斷，愛好和平！討厭爭吵！

缺點： 衝動！

秘密： 只要一把螺絲刀、一個扳手，她就能修理好所有的問題車輛！

潘蜜拉

你想成為菲姊妹中的一員嗎?

名字: _____

昵稱: _____

故鄉: _____

夢想: _____

愛好: _____

優點: _____

缺點: _____

秘密: _____

把你的名字寫在這裏!

把你的照片貼在這兒!

目錄

朋友們，你們好！

你們想幫助菲姊妹解開各種謎題嗎？這可不是件容易的事，不過只要按照故事中的指示看下去，也沒有多麼難啦！

當你們看到這個放大鏡時，要格外注意：因為這意味着這一頁會有重要的線索。

有時，我們會對現有的情況做些梳理，以免遺漏掉什麼有用的線索。

那麼，你們準備好了嗎？

一個神秘的冒險故事正在等待你們呢！

讀什麼書，寫什麼書？

那天晚上我特別想一個人靜靜地呆在家裏。

「要是有本好書相伴，那就再美好不過了！」我自言自語道。

因此，我開始翻閱書櫃的藏書：《尋找遺失的戈爾貢左拉》已經讀過了！《暴風雨般的小乳酪》，讀過兩遍了！《斯特位希諾島》，讀過無數遍了！

於是，我決定出門買本新書。就在這時，清脆的門鈴聲響了起來。

菲·史提頓

叮咚！叮咚！叮咚！

隨即，門外傳來一陣尖細的說話聲。

「這得等多久啊？家裏有人嗎？如果有人就趕緊開門！如果沒人，就快點告訴我沒人！回話啊！回話啊！快回話啊！」

「波菲里奧！」我高興地喊道，馬上跑去開門。

波菲里奧・特拉卡尼奧蒂是**陶福特大學**的郵遞員！也只有他會發出這種奇怪的嗓音了，真是個急性子的傢伙。陶福特大學是我的母校，那裏有我最美好的青春記憶。

波菲里奧帶給我一個黃色的小包裹，小包裹上還繫着一個粉紅色的蝴蝶結。

波菲里奧・特拉卡尼奧蒂

包裹上這樣寫着：

致我們親愛的老師和朋友：
菲‧史提頓

緊接着下面是五個再熟悉不過的簽名：

科萊塔，妮基，**潘蜜拉**，寶琳娜，
薇歐萊特。

這真是個驚喜呀！

包裹原來是**菲姊妹**寄來的，她們是我在
陶福特結識的五個非常棒的女孩子，也是我最
喜歡的學生。在我教授的
冒險新聞課上，她們每次
都可以得**滿分**！

波菲里奧走後，我迫
不及待地打開包裹。

包裹裏是一件非常

漂亮的羊毛衣和一封

特別特別特別長的信。

我開心地試穿了毛衣……

哇，正好合身！質地很柔軟，太舒適了！

然後我就穿着毛衣，蜷縮在沙發上開始讀菲姊妹們寄來的信。

讀到第二頁時，我就知道晚上呆在家時應該做什麼了……我要寫一本書！

毋庸置疑！我要在書中和大家分享菲姊妹們令人震驚的**新奇冒險故事**！

書名你們已經猜到了吧？

是的，就是這個名字：

徽章的祕密！

妮基

潘蜜拉

科萊塔

薇歐萊特

寶琳娜

我的朋友——俏鼠菲姊妹！

來自澳洲的電話

妮基

故事要從一通來自澳洲的長途電話說起。電話是**娜婭**——妮基的土著奶媽打來的。「親愛的妮基，我本不該打擾你！我知道你學習很忙……但是你爸媽現在都在歐洲，我實在聯繫不到他們！」

妮基聽後不由得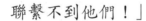起來：奶媽的聲音裏充滿了無助與憂傷，平時奶媽說話從來不這樣，家裏一定是發生了什麼嚴重的事情。

娜婭

「親愛的娜婭，別著急，先告訴我發生了什麼吧！」妮基努力地讓自己保持鎮定。

　　娜婭長歎了一口氣，然後跟妮基娓娓道來：「農場裏發生了奇怪的事情！羊圈中央區域的羊生病了！羊毛成片成片地掉落、滿天飛舞，就像風中的泡泡一樣！」

　　妮基背後發涼，忍不住打了一個寒顫。她不想再聽下去了⋯⋯

　　「親愛的娜婭，別着急，幫我收拾下家裏的房間吧，我馬上回去幫您！」

　　妮基一邊收拾行李，一邊給她的朋友們解釋。寶琳娜、薇歐萊特、潘蜜拉、科萊塔都勸她先冷靜一下，不要衝動行事。

澳洲土著人

　　澳洲土著人是澳洲最早的居民。他們定居在這片大陸已有40,000年之久！他們熟悉這裏的一草一木，在穿越森林和沙漠的時候從來不需要地圖，只是依靠那代代相傳的古老歌曲，因為所有的地理信息基本上都在那些歌裏。他們認為這些路都是神靈創造萬物時邊走邊唱留下的足跡，於是這些「路」也被稱為「歌路」，神奇的「歌路」之歌則由部落裏的年長者負責一代代傳下去。

當意識到妮基下定決心要回去的時候，姊妹們停止了*勸阻*，她們知道自己該怎麼做了。

她們可是*朋友*呀！而且，不只是朋友，更是**好姊妹**！

「我們跟你一起回去！」寶琳娜說。

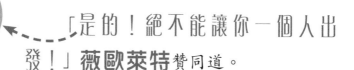

「是的！絕不能讓你一個人出發！」**薇歐萊特**贊同道。

「菲姊妹怎麼可以拋棄朋友獨自上路呢？」**潘蜜拉**調皮地擠了擠眼睛補充道。

「就這麼決定了！」**科萊塔**總結道，「姊妹們，收拾行李，準備出發！」

妮基的眼裏**噙滿了晶瑩的淚水**。她感動極了，不愧是真心姊妹，能在陶福特遇到她們實在是太好了！

她逐一跟姊妹們緊緊地**擁抱**，無聲地表達着自己內心的感動。

於是，菲姊妹一行來到陶福特大學**校長辦公室**請假，打算一起離開**鯨魚島**。

出發了！

　　我之前跟大家提起過**奧塔夫——陶福特**的校長——吧？校長雖然脾氣很臭，但是，他卻有着一顆善良的心，時刻準備着去幫助他的學生們。

　　聽完**菲姊妹**的請求，他把一隻爪子伸到了大肚皮上（每當做**重要**決定的時候他總是這樣）：

　　　　「親愛的孩子們，你們應該很清楚，學期還沒有結束，學生是不允許離開學校的。當然，凡事都有例外，比如此時此刻！

奧塔夫·安琪克洛佩迪科·德·托皮斯

　　既然情況緊急，你們趕緊出發吧。但是呢……你們回來了還是得和其他同學一樣參加期終考試，因此你們也別忘了*學習*！」

　　請好假，五個女孩**回到房間**開始收拾行李。

　　第二天就是出發的日子。港口來了很多鼠為她們送行：校長、老師、同學們甚至還有島上的居民！

　　所有鼠都在祝願菲姊妹們一路順風！

　　當小船起航時，**特拉卡尼奧蒂**兄弟們合唱起了那首傳統的《*幸福歸來之歌*》：

祝你們旅途愉快，
滿是微笑和乳酪！
祝你們歸途更愉快，
我們會日夜等待你們歸來。
我們將請你們吃餅乾和乳酪……
但請別忘記帶禮物回來！

還有很遠嗎？
什麼時候能到呢？

　　菲姊妹們到達老鼠島的老鼠港口，她們將從這兒乘飛機飛往澳洲。

她們的目的地彷彿是在世界的另一端！

　　潘蜜拉非常激動，不停地問坐在她旁邊的寶琳娜和薇歐萊特：「**還有很遠嗎？什麼時候能到呢？**」

　　她甚至跑到駕駛艙去問飛行員：「**還有**

還有很遠嗎？

什麼時候能到呢？

很遠嗎？什麼時候能到呢？」

接着她又逐個地去詢問其他旅客：「**還有很遠嗎？什麼時候能到呢？**」

如果可以的話，她真想背上降落傘就那樣跳下去！

當飛機抵達**悉尼**——澳洲最大的城市和港口時，飛機上的所有鼠都快**崩潰**了。潘蜜拉反而興奮極了，她大喊道：「**終於到了**！我快受不了了！」

「**我們也是！！！**」所有乘客包括飛行員都齊聲喊道。

什麼時候能到呢？

還有很遠嗎？

只有400公里了！

接下來，真正的旅途才剛剛開始！

機場有鼠來**接她們**。只見**妮基**朝一隻英俊的男鼠揮了揮帽子，他身穿牛仔衣和**牛仔褲**，倚靠在一輛小露營車旁，那車的車身上裝

比利，是娜婭的孫子。

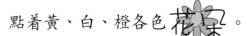

點着黃、白、橙各色花朵。

科萊塔簡直不敢相信自己的眼睛！

「哇，粉紅色，太適合我了！」

當然她指的是汽車，而不是那隻英俊的男鼠。

妮基開始給姊妹們介紹：「姑娘們，他是比利，我奶媽的孫子。他將帶我們去農場！」

一小時過去了，薇歐萊特和寶琳娜忍不住問道：「**還遠嗎？還要多久才能到呢？**」

比利微笑着答道：「放心吧，差不多只有400公里了。」

科萊塔一聽臉都白了，她吃驚地問：「什麼叫『**只有**400公里了？』」

比利指着地平線解釋道：「澳洲地廣人稀，在這兒，400公里的路程已經算是很近了！」

澳洲

首都：坎培拉

面積：7,692,024平方公里

人口：1,950萬（其中土著
　　　居民16萬）

人口密度：2.4人/平方公里

官方語言：英語

帝汶海

珀斯

澳洲最早的居民可以追溯到40,000年前。

第一個到達澳洲北海岸線的歐洲人是法國航海家德·哥內維拉（在1503年）；隨後，英國探險家庫克船長於1770年登上澳洲東海岸進行考察，並以英國國王的名義宣布澳洲大陸東海岸為英國領土。

**弗林德斯山脈
國家公園**

1901年澳洲在全民公決（隸屬於英國王室，對國家進行重新分類的機構）中成為了獨立的聯邦國家，直到今天澳洲的元首依然是英國女王。

妮基家的農場

布里斯本

悉尼

坎培拉

德萊德

墨爾本

塔斯曼尼亞

終於到家了！

菲姊妹趕了一夜的路，穿越了無數的**高山和峽谷**，終於來到了一片漫無邊際的草原上。

這地方真是太神奇了！

月兒高高懸掛在空中，一望無際的草原上閃爍着滴滴露珠。越過圍欄，放眼望去，遠處一片雪白，彷彿是綿延不斷的 **白色叢林**，其實那是無數的羊羣——美利奴羊，從牠們身上剪下來的羊毛是全世界質量最好的羊毛。

終於  到家了！

　　妮基和比利給大家輪流充當嚮導。薇歐
萊特、寶琳娜、潘蜜拉和科萊塔睡了醒，醒了
睡，醒着的時候就和他倆說上幾句話。

　　幾個女孩好久沒有這樣放鬆了，的確，能
在月光下這樣漫無目的地閒聊真是人生一大
享受。

　　妮基向比利詢問關於農場的事情。

　　「你馬上就會看到的。」比利皺着
眉頭回答道。

　　天漸漸亮了，他們終於到家
了。

　　「看，我的家！」妮基
一邊指着遠處一座漂亮的別
墅，一邊激動地
大聲喊道。

妮基家的農場

1 中央羊圈（這裏是羊的家）

2 妮基的家

3 馬廄（養馬的地方。妮基最喜歡的一匹母馬——「星星」就在馬廄的一個特殊角落裏。）

4 存放農具的車房（這裏存放着用於田間耕作的工具車）

5 老蝸牛（農場最早的拖拉機）

6 糧倉（這裏儲存着牲畜的糧草）

7 馬圈

8 風車

9 草地（羊兒就在這裏吃草）

那裏就是我的家！

妮基眼裏閃爍着**喜悅**！

當其他姊妹們都在卸行李時，潘蜜拉還沒清醒。她睡眼惺忪，皺了皺鼻子。

清晨的微風帶來了一股沁人心脾的香味。

那是一種讓小老鼠直想「舔鬍子」的香味！

潘蜜拉喃喃道：「如果這是一場夢，你們千萬別讓我醒來！」說完，她正準備再睡過去……**嘭！**可怕的響聲把她嚇得跳了起來。

只見娜婭——妮基的奶媽正站在農場的大門口拿着一個大勺敲着平底鍋！

嘭，嘭，嘭！

「快過來，姑娘們！快把『小尾巴』搖起來！我給你們準備了香噴噴的羊乳酪！冷了

就不好吃了，**對不對？**」

在和娜婭互相認識後，**菲姊妹**和比利忙不迭地鑽進了熱氣騰騰的美食天地裏，他們簡直就像一羣餓壞了的饞貓！

他們吃得太急，不是燙到了手指頭，就是鼻子，甚至還有燙着舌頭的！

只有妮基還比較正常。

「親愛的娜婭奶媽！」妮基撲向奶媽的懷抱。

「我的小寶貝！」娜婭喚道。

她們**緊緊地，緊緊地，緊緊地擁抱在一起。**

澳洲的農場

澳洲的所有農場規模都很大。

當地最大的養殖牛畜（乳牛，小牛，黃牛）的農場面積可與整個阿爾巴尼亞（佔地31,000平方公里）的國土面積相匹敵，其規模之大大家可想而知。

對於居住在這片一望無際的土地上的人們來說，最普遍的交通工具是飛機：他們走親訪友都乘飛機！住在最荒涼的農場裏的孩子們由於路途遙遠根本沒法去學校上學，所以他們通過廣播聽課，將作業郵寄給老師！

之後，奶媽**忍住眼淚**説道：「好了，寶貝兒！現在快跟你的**小伙伴們**一起去吃飯吧！稍晚點我帶你去看**羊羣**！」

妮基再次和奶媽擁抱，她十分開心自己又一次回到了奶媽的懷抱，那個曾多次撫慰她心靈的愛的懷抱。

在**土著語**中**娜婭**就是「奶媽」的意思。妮基的「娜婭」是看着她長大的，在她需要的時候娜婭總是會陪在她身邊保護她。

奇怪的病症

吃飽以後，妮基和寶琳娜陪着娜婭來到了農場的中央羊圈。

所有生病的羊都在那裏。值得慶幸的是牠們並沒有變瘦，而且看起來胃口還不錯。

「**這是個好現象。**」

寶琳娜安慰妮基道。

但是，所有的羊似乎都很疲累，羊毛成團地往下掉，將草原點染成了片片白色。

妮基十分擔心。

羊毛

奇怪的 病症

「這下錢都到別人的口袋裏去了！一個月之後就是**大剪羊毛**的季節了！我們沒有羊毛可以賣了！」

寶琳娜越過木柵欄，戴上塑膠手套開始採集地上的羊毛樣本和青草，以便用來研究。

「大剪羊毛的季節？」她**好奇地**問。

「這些是產毛羊。」妮基指着羊羣解釋道，「每年**寒冬**結束時，就到了大剪羊毛的時候了。所有的羊都會被剪毛，羊毛會被銷往特定的工廠，在那裏用來生產毛衣、被子和其他紡織品。」

寶琳娜慢慢靠近羊羣。

「小可憐們，大剪羊毛不會傷到牠們吧？」

「當然不會。」妮基安慰道，「肯定要非常**溫柔地**操作呀。」

妮基家的羊羣通常都很溫順，但現在牠們變得十分暴躁，和往常完全不一樣。到底發生了什麼事呢？

寶琳娜本想輕撫牠們，但是她越靠近，羊羣們就越**緊張**。牠們用蹄子**刨地**，彼此擠來擠去。

　　寶琳娜**溫柔地**跟牠們說話，試着去安撫牠們：「乖，小傢伙們！」

　　但那些羊變得更加躁動了。

　　「牠們這樣是因為不認識我嗎？」她焦急地問。

　　妮基搖搖頭，愁眉不展：「這不正常！通常牠們都很溫順，如果被嚇到，牠們會逃走，但是絕對不會蹬蹄子！」

　　看來情況很嚴重，**娜婭**一點也沒誇張。

大剪羊毛的季節近在眼前，這意味着妮基不能再猶豫了，必須趕緊着手**解決**問題。她的父母遠在歐洲趕不回來，而現在是分秒必爭的時候。她長這麼大還是**第一次**獨立處理這樣的難題。

但是她能行嗎？

美利奴羊

　　美利奴羊原產於非洲，之後傳入歐洲，主要分布在西班牙地區。澳洲於1799年引入美利奴羊，如今它已經成為最大的美利奴羊養殖地。因此，澳洲是全世界最大的羊毛產國，行銷世界各地的羊毛被子，圍巾或毛衣等羊毛紡織品，每十件產品中有七件就是用澳洲羊毛製成的！

　　奇聞：在悉尼附近的古爾本有一座全世界最大的美利奴羊雕塑，足足15米高！

一架神秘的飛機

妮基和寶琳娜打算梳理一下當前的情況:

- 只有中央羊圈的羊兒生病了,其他區域的羊都安然無恙,所以這病應該不是傳染病。

- 農場裏所有的羊都在同一條小溪中飲水,因此水源不是這場病的誘因。

- 結論:那最可疑之處,應該就是中央羊圈的草地。

當務之急是趕緊檢驗一下那兒的草場,而妮基家裏正好有分析**草場**所需的各種工具。同時,妮基決定把羊兒們轉移到另一片草場。

　　轉移羊羣的工作交給在牧場工作的牧羊人來做即可。接着，妮基打算去見見「**星星**」——她的白馬。

　　馬廄裏傳來了一聲**愉快的嘶鳴聲**，瞬間妮基就將所有的煩心事都拋到了**腦後**。

「星星，我的星星！我可想死你了！」

　　妮基給白馬上了馬鞍，然後跳上馬背，向着一望無際的草原**奔去**。

真開心！自由的感覺真好！

我可想死你了，
我的星星！

　　雖然在**陶福特**學習和生活的日子十分充實、美妙，鯨魚島也是個令人着迷的地方……但再美好的地方也代替不了**自己的家**，只有回到家鄉妮基才能感受到百分之百的幸福！

忽然，「星星」一聲嘶鳴，偏離了正常奔跑的路線。妮基立刻警覺起來，做好了隨時 冒險跳馬 的準備。

「怎麼了？什麼東西嚇到你了嗎？」她問馬兒。

只見白馬仰頭把臉朝向天空。

空中出現一架小飛機。**這並不奇怪，**因為這兒所有的農場都有自己的飛機：用來施肥和**噴灑**驅蚊藥。

也許白馬的異常反應只是針對這架飛機。

妮基心想最好還是回農場看看。她剛到，寶琳娜便氣喘吁吁地跑到她跟前說道：「草地上有**鉛！**看來我們的推測沒錯。我**上網**查了一下，鉛中毒的表徵與羊羣的症狀是吻合的！疲勞、掉毛、易怒，這些都是**鉛中毒**的症狀。」

聽罷，妮基驚呆了。她自言自語地說道：

「我們的中央羊圈怎麼會有鉛呢？」

寶琳娜接着說：「或許澆灌草場的水被污染？」

「是飛機！」不知什麼時候娜婭忽然出現在她倆身邊，「有一天夜晚，大概是幾個星期前，我聽到一架飛機在我們的農場上低空飛行……」

「晚上？」妮基跳了起來，「在晚上飛行是很危險的！」

「當然危險……但是黑夜是隱匿行跡的最佳時機。」娜婭說。

妮基疑惑地問：「那就是說這個神秘的飛行員是有意要隱藏行蹤？」

「是的，我們的羊掉毛也已經有一陣子了，大概就是從那個時候開始的！」娜婭急切地說道。

妮基聽到這裏，頓時緊繃着臉沒有任何表情。

「這周圍只有兩架飛機！」過了一會，妮基突然**怒不可遏**地說道，「一架是我們的……另外一架是那個**壞蛋摩帝馬**的！」

她沒再多說什麼。

跳上馬背飛馳而去！

真是個壞蛋！

妮基一邊騎馬一邊在心裏想着。**摩帝馬家**和妮基家是鄰居，同樣都是養羊的。摩帝馬曾多次提出要買妮基家的農場，都被妮基的父母**拒絕**了。但他仍不死心，揚言有一天一定要買下妮基家的農場。

摩帝馬檔案

他是草原上最有權勢的農場主。他特別自負，不知好歹，令人討厭。他對所有人都十分苛刻、無禮，大家都覺得他比狐狸還狡猾。

他是一個徹頭徹尾的自私鬼（但他並沒因此得到什麼好處）。

現在，如果羊毛沒有賣到**好價錢**，妮基家的經濟狀況將面臨**困難**。到那時，也許就真的只有賣掉**農場**了！

　　終於，她來到了摩帝馬的農場！

　　摩帝馬正和他的兒子**鮑勃**在花園裏吃晚飯，當他看到妮基的時候差點沒噎着！

　　「妮基小姐！咳！咳！咳！這真是個驚喜！咳！咳！咳！」

　　他慌忙起身，差一點碰倒了裝着蘋果汁的瓶子。

　　「這個時候你應該在陶福特大學上學才對啊！咳！咳！咳！」

　　他邊説邊喝着蘋果汁，同時用腳悄悄地把一個黃色的塑膠容器推到桌子下面。

鮑勃・馬克・卡爾迪剛

妮基沒注意到摩帝馬的這個小動作：「摩帝馬！」她咬牙切齒地盯着他 **直接** 喊道，「我家的草場上有**鉛**！」

摩帝馬的臉色先是變**黃**，然後變**綠**，最後竟變成了**紅**色。

此刻，那張臉活像個辣椒！

「什麼？怎麼了？妮基小姐，您是在指責我嗎？您私闖民宅我還沒說什麼呢，您倒好，先指責起我來，這像話嗎？」

他可真是個**大壞蛋**！

注意了！妮基什麼也沒看到！摩帝馬正往桌子下面藏的究竟是什麼東西？

線索！

妮基非常生氣，可是她現在沒有什麼證據來質問摩帝馬，於是她只好重新跳上馬背回去了。

鮑勃和她打招呼，她都沒看到。她實在太氣憤了！

鮑勃和妮基從小就認識，他一直都很喜歡妮基，可是他們兩家一直不和。

等到妮基一走遠，摩帝馬就開始放聲大笑：「哈！哈！哈！這齣戲不錯吧，兒子？」

鮑勃一點也不明白。

「差點被發現，那個愛管閒事的傢伙！」摩帝馬繼續道。他邊說邊從桌下拿出剛才藏起來的黃色塑膠容器，容器上有一個黑色的大骷髏和兩個紅色的字母：Pb。

骷髏意味着「危險」，而「Pb」正是鉛的縮寫！

鮑勃明白了，他指責父親道：

「爸爸！你不應該這麼做！這樣太不公平了！」

摩帝馬的臉先是變成了紅色，然後變黃色，之後成了紫色。

此刻他這張臉活像個茄子！

「什麼？應不應該由我說了算！回你房間去，要是你敢把這事傳出去，有你好看的！」

在祖先的土地上

妮基回到家時，娜婭正在準備晚餐。

所有人都圍坐在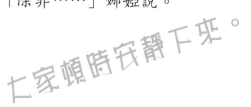火旁。

吃飯的時候，妮基跟大家講了她與**摩帝馬**見面的情況：「那傢伙蠻不講理！我覺得一定是他使的壞心眼！」

然後她問寶琳娜有沒有找到給羊解毒的好方法，寶琳娜搖了搖頭：「一無所獲！暫時沒想到什麼有效的好方法！」

「除非……」娜婭說。

大家頓時安靜下來。

「除非我們遵循**祖先**的智慧。」

她的眼睛在火光的映照下閃閃發光，像是在盯着非常遙遠的地方，從那裏可以看到很久很久以前的事情。

娜婭開始講故事了。

「幾千年前，祖先的祖先用花朵、樹葉、樹根來治療疾病。我奶奶的爺爺曾告訴她有一種樹根擁有奇妙的功效，可以**治療**任何疾病。」

娜婭邊説邊摘下脖子上那條用**種子**做成的項鏈。項鏈上吊着一個木質的徽章，上面有個「**沙漠老鼠**」的圖騰。

她把項鏈遞給妮基。

「這個徽章是我們**部落**的標誌。你拿着，在祖先的土地上你會用到它的！」

妮基疑惑地問道：「親愛的**娜婭**，你説的地方在哪兒？」

娜婭指着西北處的方向。

圖騰

圖騰是土著人的精神寄託。每個部落都有自己的圖騰，他們經常把某種植物、動物或岩石用作自己部落獨有的標誌和護身符。

娜婭的圖騰是「沙漠老鼠」，它的土著名字是這樣拼寫的：MINGKRI（音：明基裏）。

「你得到弗林德斯山脈的**內帕布拉**找到我們部落的長老，他們會幫助你找到解毒的辦法。」

然後娜婭起身從她的袋子裏拿出一塊橢圓形的平滑的扁木頭片。橢圓木上有一條長長的繩子。娜婭將繩子的一頭拽在手裏，然後興沖沖地在頭頂上揮舞起來。

快！快！快！
快！快！快！
快！快！快！

扁木頭片旋轉飛舞，發出一陣嗡嗡聲。

嗡嗡嗡嗡嗡嗡……

聲音越來越大，越來越有力。

嗡嗡嗡嗡嗡嗡……

那聲音響徹天空，一定飄到了很遠很遠的地方。

薇歐萊特、**寶琳娜**、**潘蜜拉**、**科萊塔**都被震撼到了。

「那是什麼？」薇歐萊特問比利。

「我們把它叫作**蜂鈴**。」他回答道，「它就和手機差不多，只要聽到蜂鈴聲的人便會馬上揮動自己的蜂鈴。這就相當於收到鈴聲的人馬上又將它發送出去了，直到鈴聲傳到目的地！它就是一個**遠距離傳話的工具**，你們懂了嗎？」

娜婭停止揮動她的**工具**。

「一切就緒！」她滿意地微笑着，「根據蜂鈴的傳遞速度，你們旅行的信息已經傳到通往內帕布拉的路上了！」

蜂鈴

60

土著人的工具

回力棒：一根彎曲的「V」字形木棍，用來打獵。在土著語中，「回力棒」的意思是「可以回來的木頭」；事實上也是如此，如果未擊中目標，回力棒會在空中轉個彎然後回到發出者的手裏。

蜂鈴：一塊扁木頭片，木片的一端連接着一根長繩。迅速地揮舞蜂鈴，它會發出一陣強而有力的嗡嗡聲，即使是在數公里之外也能聽得到。

迪吉里杜管：一根被白蟻（白蟻是吃木頭的蟲子）挖空的藍桉樹枝，於是被澳洲土著人用作樂器或是遠距離聯絡的工具。這或許是世界上最古老的樂器！

節拍棒：可以互相敲擊的木棒，用來為舞蹈打節拍。表面刻有部落的圖騰。

泰德——會飛的醫生！

晚上，菲姊妹開始研究**地圖**，以便為明天啟程做準備。寶琳娜在**網上**搜羅各種信息，其他人則推算着從農場到達弗林德斯山脈的**距離**。

此行路途非常遙遠，但這在澳洲不足為奇。妮基並不想讓姊妹們與她一起吃苦，但幾個**好姊妹**絕不同意讓她獨自涉險。妮基只好囑咐她們：不要帶太多東西，只帶**必需品**就好！

大家在睡覺之前就收拾好了行李。

第二天早晨，外面傳來的一陣轟鳴聲吵醒了她們。

弗林德斯山脈國家公園

綿延在澳洲南部的弗林德斯山脈地區,有一座大型的動植物國家公園。

弗林德斯山脈

阿德萊德

墨爾本

在這裏經常能碰見鴯鶓(澳洲的一種鴕鳥)、有高大的灰色袋鼠以及躲在岩石堆中的害羞的黃足小沙袋鼠。

在這裏，不容錯過的遊覽勝地當屬威爾皮納龐德盆地，它就是一個巨型的火山口。盆地擁有豐富的草場和植被資源，四周環繞着高約千米的紅色岩石形成的懸崖。此外，這裏的幼拉布拉岩洞內的牆壁上還保存有很多古老的土著文字。而在「神聖山谷」（一條狹長的岩石路）的岩石上還可以看到很多雕刻，雕刻的圖案有袋鼠、鴯鶓和其他象徵性符號。

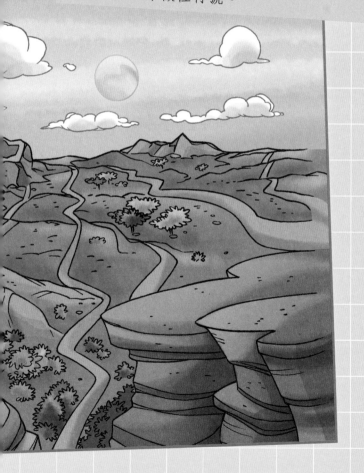

遠處飛來一架 白色 的飛機，機身上帶有一個 **奇怪的徽章**。

那是一架皇家飛行醫生服務隊的飛機！他們是享譽全世界的澳洲「飛行醫生」！

飛機降落在農場的草坪上。比利跑向飛行員，那是一個看上去招人喜歡的「土著老鼠」，他穿着一件令人眼花繚亂的 花襯衫。

泰德·比利的兄弟

比利把他介紹給姑娘們：「這位是醫生奧德傑羅，來自皇家飛行醫生服務隊！你們可以叫他泰德，他是我的兄弟！」

泰德跟大家打了招呼並擁抱了所有人，特別是娜婭。隨後，比利和泰德幫助 菲姊妹 把行李搬到飛機上。

潘蜜拉除了一個行李袋，還帶着她出門必不可少的扳手。

會飛的醫生

澳洲皇家
飛行醫生服務！

當你在澳洲的中心位置溜達時，突然肚子痛，該怎麼辦？最近的醫生可能在幾百公里以外！

答案只有一個：求助於飛行醫生，在澳洲，醫生們也得……飛行！

澳洲「飛行醫生」第一次出診是在 1928 年 5 月。從那天起，「飛行醫生」實行每天 24 小時不停息服務！

2004 年他們累計完成了 210,000 次出診（每天 575 次）服務。他們日復一日地從澳洲的一端飛往另一端，飛行里程共計 2 千萬公里，相當於環遊地球 500 次！

寶琳娜隨身帶了一個行李袋，還有她的手提電腦。

薇歐萊特帶着她的斜挎袋和**小南瓜屋**，那裏面裝着她的蟋蟀朋友*弗利里*。

妮基帶了雙肩背包和望遠鏡。

所有鼠都只帶了必需品，**輕裝出發**！除了科萊塔……

科萊塔帶着她的「小型*粉紅*行李袋」，那可不是小小的化妝袋，而是一個**超大的旅行袋**，裏面塞得**滿滿的**，就像是準備逃亡一樣。

大家都不約而同地默默地盯着她。

「**啊，怎麼了？**我只帶了一件行李！我們說好了只帶必需品，這就是我的必需品！」

姊妹們繼續盯着她看，一動不動。

「它沒有塞滿的！」

大家仍然保持沉默。科萊塔歎了口氣，拖着巨大的行李袋回到了房間。幾分鐘後她再次出來，只帶了一個雙肩背包和一個**粉紅色的化妝袋**。

「天哪！」科萊塔邊嘟囔着邊上飛機，「如果有老鼠邀請我去*舞會*，我可沒什麼穿的！」

妮基將一隻手爪搭到她肩上。

「乖，蔻蔻！如果有老鼠邀請你跳舞，我保證給你找到合適的衣服。」

這可是菲姊妹的承諾！

之後，飛機如蝴蝶般輕鬆地起飛了。

在澳洲旅行!

澳洲旅行必需品：

- 一張區域地圖
- 滅蟲劑
- 帽子和高防曬指數的防曬霜
- 足夠的水
- 白天穿的輕薄衣服和夜間穿的毛衣
- 手電筒和備用電池
- 雨季要準備雨衣（雨季為12月到次年3月）
- 收音機或者存有所有有用電話號碼的手機
- 另外需要了解「緊急呼救」的基本知識

一次本應順利的旅行……

泰德醫生告訴菲姊妹們，只要兩個小時就可以到達**目的地**，「**弗林德斯山脈**不遠，我們只需飛行500公里就到了！」

這本來應該是一次順利的旅行，不會遇到什麼困難；**但是實際上，**還是出了**狀況！**

那隻專門給菲姊妹們製造麻煩的老鼠，你們已經猜到了：對，就是摩帝馬。

在妮基離開他家之後，**摩帝馬**就十分擔心這個姑娘會妨礙他的**計劃**，於是自飛機起飛，他就一直用望遠鏡監視着菲姊妹們的動向。

他呼叫了飛行醫生服務中心，假裝自己有緊急情況需要求助。

「**幫幫我，幫幫我！**我是一隻病得很嚴重的老鼠！我急需幫助！」

　　一個護士溫柔地回答道：「請您保持鎮定，告訴我您的具體位置！」

　　看到菲姊妹們的飛機飛往西邊，摩帝馬趕緊說他就在那附近——巴克雷博地區。

　　「您很幸運……」護士回答道，「我們的泰德醫生正飛往您的方向，朝向內帕布拉。我馬上聯絡他更改飛行路線！」

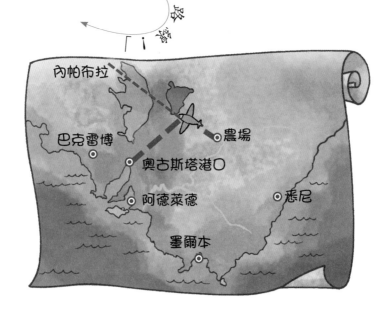

「謝謝，小姐！**除了感謝，還是感謝**！」摩帝馬滿意地尖叫着。

但是他的兒子鮑勃聽到了這一切，指責他：「爸爸，你這麼做不對！」

摩帝馬的臉立即變成了**紫色**，然後是**黃色**，最後成了**綠色**，活像一個醃製的青瓜！

「什麼？？？趕快拿上袋子跟我走！看來，我得教教你什麼是對什麼是錯！」

鮑勃不懂：「我們要去哪裏？」

「去**弗林德斯山脈**，內帕布拉地區！」摩帝馬吼道，「我想弄清楚那個令人忍無可忍的討厭鬼究竟打着什麼主意！」

那個「**令人忍無可忍的討厭鬼**」指的是妮基。

與此同時，泰德接到了更改路線的指令。

泰德告訴菲姊妹：「出現一個**緊急情況**，有老鼠急需幫助！但是我不能帶上你們一起去：中心規定不許這麼做。」

菲姊妹查閱了一下地圖，她們找到了奧古斯塔港口，確定可以在那裏着陸，然後改乘別的交通工具，繼續前行。

我們來分析一下現狀，看看情況如何？

1. 對於菲姊妹們來説，她們將要面對的是一場困難重重的冒險！
2. 為了挽救農場的羊羣，妮基得與時間賽跑！
3. 妮基的奶媽娜婭告訴菲姊妹，需要得到土著長老的幫助，才能解救中毒的羊羣。
4. 菲姊妹搭上了開往弗林德斯山脈的飛機……
5. 摩帝馬利用一個假求助信息，輕易地把菲姊妹們趕下了飛機！

滴答，滴答！
噼啪，噼啪！
嘩啦，嘩啦！

　　從**奧古斯塔港口**的機場出來後，菲姊妹們乘坐**出租車**來到了火車站。她們登上了開往**北部**霍克城的列車。然後，她們在霍克城轉乘**公共汽車**來到威爾皮納，並在那裏租了一輛**越野車**，一輛號稱「**能征服一切冒險**」的越野車，這是那個租車主對她們強調了無數遍的廣告語。在上路之前，妮基打開地圖重新確認了一遍路線。

弗林德斯
山脈國家公園

威爾皮納
霍克
奧古斯塔港口

內帕布拉的土著城鎮

阿德萊德

「你們看！」她指着地圖説。

「這就是國家公園！這裏就是內帕布拉的土著城鎮。」

她們啟程了。沿途的景色實在太迷人了！隨處可見草木茂盛的山谷和參天大樹；不遠處高聳的山峯上裸露着尖利的紅色岩石。妮基盡情欣賞着這一切。潘蜜拉、科萊塔、薇歐萊特和寶琳娜則在越野車裏跳來跳去，她們可不想浪費這美妙旅程的一分一秒。

一時興起，她們決定比賽看誰能認出更多的動物。

「一隻鸚鵡！」

「一隻老鷹！」

「那個呢？那是什麼？」

「嗯……小袋鼠嗎？！」

妮基糾正道：「不，那不是袋鼠，牠叫做沙袋鼠！」

滴答，滴答！噼啪， 噼啪！嘩啦，嘩啦！

袋熊、鴯鶓、針鼴鼠⋯⋯這些從未見過的奇怪動物，經常令她們看得目瞪口呆，歡喜雀躍！

妮基自豪地向姊妹們介紹着自己的家鄉。「姑娘們，」她說，「這就是我們澳洲鼠稱之為『內陸』的地方，也就是澳洲內陸！」

小常識！

小沙袋鼠是小型的有袋目哺乳動物，身高僅有50~60厘米（相對於身高150厘米的大型紅色袋鼠而言）。

小沙袋鼠在澳洲很常見，牠們生活在沙漠、森林和岩石區域。

在土著語中，「袋鼠」是「Kangaroo」，意思是「我不懂」。

袋鼠

沙袋鼠

名著：有24隻鸚鵡

滴答，滴答！噼啪， 噼啪！嘩啦，嘩啦！

菲姊妹正聊得高興，這時，天空開始下起了濛濛細雨。

之後濛濛細雨變成了傾盆大雨。

再然後變成了嘩啦啦的狂風暴雨。

菲姊妹們從來沒見過這樣猛烈的暴風雨。

澳洲奇聞！

大家幻想一下坐在恐龍時代的樹蔭下的情形⋯⋯是的，這在澳洲可以成為現實！

1994年人們在位於澳洲南部的新南威爾士州的「藍山」山脈的一個峽谷裏，發現了一種極其珍貴的樹木：霧落迷松。這一發現具有十分重要的意義，因為它已經擁有6,500萬年的歷史！這一史前樹木十分罕見，瀕臨滅絕，是地球上最珍稀最受保護的樹木！

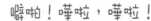

雨點就和乳酪塊一般大！

車窗上的雨刷根本不起作用，前方什麼都看不清楚。天漸漸**黑**了，菲姊妹們決定先停下來等等再說。

她們等呀等呀等呀……

雨一直未停！

她們吃了一些乳酪三文治，喝了一點蘋果汁。沒多久睏意來襲，五個姑娘一個接一個在睏意中睡去……

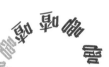

什麼是死水潭？

好吵啊！彷彿是一千隻鳥在叫！

薇歐萊特努力地閉上眼睛。

科萊塔盡力搗着耳朵。

寶琳娜問道：「現在幾點了？」

潘蜜拉摸摸肚子回答道：「我的肚子咕咕叫，現在應該是早飯時間了！但是外面黑黑的，**好像還是晚上！**」

姑娘們大聲叫嚷的時候，**妮基**伸着懶腰打着哈欠，突然她大聲說道：「**安靜！**」

幾千對**彩色的翅膀**撲棱棱地飛起來，

晨光瞬間照進了越野車內。

難怪大家都認為現在還是晚上呢！

夜裏，大批的鳥停在越野車上。車頂、車尾、兩側……一隻疊着一隻！光線根本進不來。

菲姊妹們目瞪口呆地看着窗外那羣紛飛的鳥兒。

科萊塔想拍張照片好貼在日記裏。她打開車門跳了出去，結果……

83

撲通！

到處都是水！！！

妮基把她從水裏拉出來，兩人重新回到車裏。

「蔻蔻，沒事吧，還好嗎？」

「不好，一點都不好！」

科萊塔尖叫道：「我竟然在沼澤地裏洗了個澡！我無法忍受！我受不了一身污泥！我受不了了！受不了了！受不了了！」

撲通！

等科萊塔稍稍冷靜下來後，妮基跟大家解釋道：「我們被困在**死水潭**中了。」

「什麼是**死水潭？**」大家**焦急**地問。

「暴雨之後，積水過多的**窪地**，就會形成死水潭。它們通常不是很深，但是面積非常大！」

「如果水不深的話，那我們繼續前進吧！」寶琳娜說。

妮基搖搖頭：「那太危險了。水下可能會有暗洞或者鱷魚。」

「鱷魚？！」

她們需要幫助！她們哪兒都去不了了，汽車泡在水裏，電路也短路了。

這時，潘蜜拉忽然想起了什麼：「啊，姊妹們！」她朝大家喊道，「那個租車主對我們說了什麼？」

「這輛越野車是『能征服一切冒險』的。」大家齊聲回答。

「好的，到了考驗它的時候了！」

潘蜜拉一邊喊着一邊靈活地跳上車頂。

那上面有個裝備箱！

能征服一切冒險

「哇，這裏好多寶貝啊！」潘蜜拉驚歡道，她無法相信自己的眼睛：「指南針、急救箱、安全帽，還有……哦，天啊！」

「還有什麼？」其他姊妹好奇地問道，她們一直待在車裏。

「一輛橡皮摩托艇！」潘蜜拉歡呼道，「一輛真正的有槳充氣橡皮摩托艇！」

科萊塔一聽便嚇得驚叫道：「你不是想要大家划着槳在鱷魚之間穿梭吧？」

「只需一會兒……我們只需划到前面的那座山前！很快的，別擔心！」潘蜜拉説。

越野車不遠處是聖瑪麗山峯。

「我們可以登上山峯！死水潭不會延伸到山那邊去的，相信我吧！山的那邊有一條路，沿著那條路我們能到最近的一座城市！」

「可是，我們怎麼爬上山呢？我可不想徒步爬上去！我的指甲要是折斷了怎麼辦呢？」科萊塔嘟嚷着，一臉的不情願。

潘蜜拉將繩索、釘子、冰爪以及所有爬山所需的工具都裝進了橡皮摩托艇！

粉紅色是我的最愛！

菲姊妹乘着摩托艇向**岩壁**的方向駛去。

潘蜜拉永遠都是最興奮的，對於她來說，這次旅行開始變得**神奇而精彩**！

「姊妹們！你們不激動嗎？我們來到廣袤無垠的草原，經歷了**宇宙無敵大暴雨**，現在即將穿越神秘山巒。這樣的冒險才配得上我們**俏鼠菲姊妹**！」她的熱情極具感染力。

「只屬於我們俏鼠菲姊妹，**呼呼呼⋯⋯哈哈哈！**」菲姊妹一邊划槳一邊高喊着。

暴雨過後的天空顯得格外澄澈、明朗。

清新的空氣令人神清氣爽、活力無限。

「在火車和越野車上憋了那麼久，我真想

出去好好活動一下**筋骨**！」寶琳娜説出了**大家**的想法。

　　除了她之外⋯⋯

　　「我想要一個全自動按摩的浴缸！」科萊塔抱怨道，「你們都沒掉進過**大污水潭**裏！無法想像自己滿頭濕髮的樣子有多恐怖！」

　　「哦，蔻蔻，別擔心，無論何時你總是那麼令鼠着迷！」薇歐萊特邊笑邊安慰她道，

「你看，這個粉紅色的頭盔好像是專門為你設計的！」

科萊塔整整髮型，對着死水潭的水面照了照，對自己的形象頗為滿意：「粉紅色是我最愛的顏色！」

然後她看了看薇歐萊特，主動地擁抱了她：「謝謝你，薇歐萊特！你真是我的好朋友！」

與此同時，潘蜜拉檢查了所有設備，她覺得自己是所有鼠當中最會爬山的，於是叮囑大家道：「絕不能在爬山的時候掉以輕心！絕不能小瞧那座山！而且絕不能……不能……不能……」

自信滿滿的她心想：「這次輪到我來照顧大家了！」

水天之間

「**最後一步**了，帕咪！加油！馬上就成功了！」

沒想到居然是薇歐萊特第一個**登上了山頂**，緊跟着的是寶琳娜。潘蜜拉簡直不敢相信她倆居然能夠如此輕鬆地登頂。她**咬咬牙**，臂膀一用力，終於她也登上了山頂。

「你們是怎麼做到的？**呼呼！呼呼！**」潘蜜拉氣喘吁吁地說。

沒有一隻老鼠說話，此刻，大家都瞪着圓圓的眼睛驚呆了：山下的景色太迷人了！

「**真是不可思議！**」潘蜜拉驚歎道。

「**太神奇了！**」寶琳娜呢喃道。

「**太令人震驚了！**」薇歐萊特感歎道。

「*啊，我愛我的家鄉！*」妮基激動地說。

「你們看！那邊也有水！」科萊塔突然誇張地喊起來。

確實如此：死水潭延伸到了聖瑪麗山峯的另一邊。遠遠望去，**寬大的湖泊**上聳立着密密麻麻的大樹和岩石。

此刻，悄然無聲。激烈運動後，大家都感到有點**頭暈目眩**，直到……

轟轟轟……… **轟轟轟**………

只見遠處一個奇怪的機器正朝她們飛來。那是一架水上飛機，相當於一艘底部扁平的船，借助外部的水力推動船身前行，就像是一個超大的**鼓風機！**

妮基看到它，高興地**跳了起來**，「我可以拿有袋目的所有口袋保證！那就是**麥切！**」

水天 之間

麥切是娜婭眾多孫子中的一個，他是位護林員。他**身材高大**，有一頭令人難以置信的濃密頭髮，頭髮上束了一條條**小辮子**。

「我打賭，一定是泰德讓你來**幫助我們**的。」妮基說。

她沒猜錯。那位飛行醫生發了**無線電信息**給麥切，讓他去幫助菲姊妹。

五個姑娘與麥切一起乘坐水上飛機繼續前行。

暴雨形成的湖泊給人一種奇幻的感覺，飛機在水上瞬間就滑行了數公里。一切就像是在**夢裏**！

麥切，比利的表哥

太陽落山的時候，他們發現對面的**高速公路**上有一處沒有被淹沒。

麥切説：「就在這兒停車吧。」

「看！有一輛露營車！」寶琳娜説。

「車身上面都是！」科萊塔説。

「是比利！」妮基驚歎道。

他也來幫助菲姊妹了！

啊，太痛了！

另一邊，摩帝馬也不怎麼順利。

而且，情況很**糟糕**！

他在假裝生病求助之後，強迫鮑勃跟他一起跟蹤妮基。

但是，但是，但是呢……

當登上小飛機時，他不小心被一塊石頭絆倒了，腳踝脫臼了。

「**啊，太痛了！**」

馬蜂螫了他的耳朵

被石頭絆倒

他的三個手指
被窗戶夾到了……

而且他患上了
感冒！

而當飛機正要起飛的時候，一隻馬蜂鑽進窗子裏螫了他的耳朵。

「啊，太……太痛了！」

關窗戶的時候他又夾了手。

「啊，啊，啊，痛死我了！」

接着，飛機在途中遭遇了暴雨，就是那場圍困了菲姊妹們的暴雨。

摩帝馬他們不得不找地方降落了。

小飛機的顛簸使得摩帝馬腫起來的包一個比一個大。他和鮑勃被暴雨困在那裏整整一個夜晚。雨點擊鼓般猛烈地打在飛機

上，雨水瀑布般從駕駛艙的玻璃上傾瀉而下，
嚇得他倆條件反射地閉上了眼睛。

到了早上，摩帝馬腳踝腫了，**耳鳴**得厲
害，手指仍然痛，鼻青臉腫，**還感冒了！**

鮑勃試着說服他道：「爸爸，我們趕緊回
家吧！」

只見這倒霉的摩帝馬的臉又變成了綠色，
然後是紅色，最後直接成了黃色。

活像一個大柚子！

「你說什麼！？ 給我安靜點兒！這兒我說
了算！」摩帝馬仍然一副**運籌帷幄**的樣子，
可事實上他真的很沮喪，現在找誰求助呢？

「我們去柯迪默卡吧！」鮑勃建議道，
「現在那兒正在舉辦大舞會，肯定會有很多老
鼠！說不定當中會有**醫生**！總會有老鼠可以
治好您的！」

鮑勃肯定沒想到菲姊妹們也去了著名的柯迪默卡小城！

歡迎來到柯迪默卡！

柯迪默卡城建於大約1800年，於內陸（澳洲內陸）建設期間建成。之後，這座城市就廢棄了。

時至今日，柯迪默卡已經成了一座「幽靈城」。傳說幽靈每兩年就會回到這裏居住，也就是在「內陸大舞會」時期。這是澳洲南部最重要的節日，樂隊會通宵演出。

大舞會上的優雅之星！

菲姊妹坐上了比利的露營車。

走了不多久，他們就不得不停下來了。

「姑娘們，所有的路都**被封**了！」比利宣布了一個**大消息**，「我們得在柯迪默卡過夜了。另外……」

所有鼠都很驚訝：「**是嗎？！**」

比利繼續說：「**今天晚上**在柯迪默卡有個節日大聚會！大舞會！」

「**大舞會？！**」潘蜜拉、薇歐萊特、科萊塔和寶琳娜齊聲叫道。

「每兩年在柯迪默卡都會有一場內陸大舞會。」妮基向她們解釋道，「這是一個傳統節日，在當地很受歡迎。」

與此同時，比利愉快地哼起歌來：

如果你想遊覽澳洲，

你一定得去柯迪默卡！

整個晚上蹦蹦又跳跳。

有整桶的蜂蜜供你享用！

快到柯迪默卡的時候，他們發現**一路上人山人海**，看來所有老鼠都去參加內陸大舞會！所有老鼠，除了妮基。

她實在不想再浪費時間了！

她無時無刻都在擔心生病的羊，想着快點

找到治癒牠們的辦法。

但是……所有的路真的被堵得死死的！

妮基不知道該怎麼辦！薇歐萊特很明白妮基的心事，悄悄跟她說：「中國有句諺語『既來之，則安之』。現在我們只能待在這裏，別無他選，所以就享受此時此刻吧！」

薇歐萊特說得沒錯！

現在惟一能做的就只有接受現實，計劃趕不上變化，只好明天再做決定。

今晚在舞會上狂歡起來吧！」妮基隨即帶着姑娘們進了城。

哇！真是熱鬧非凡的節日！到處都是攤位和樂隊！到處都是老鼠！

城裏有各種遊樂設施，還有很多玩雜耍的。節日的彩色小氣球隨處可見！

還有數不勝數的各色美食！

菲姊妹們看得眼花繚亂，激動極了，只有科萊塔低着頭靜靜地走着。

「蔻蔻，你還好吧？」妮基問道。

沒想到科萊塔突然大哭起來：「不好！一點都不好！我這樣子怎麼能去參加舞會！你看看我的頭髮、衣服！」

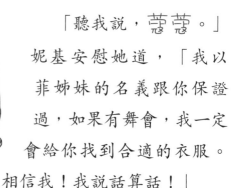

「聽我說，蔻蔻。」妮基安慰她道，「我以菲姊妹的名義跟你保證過，如果有舞會，我一定會給你找到合適的衣服。相信我！我說話算話！」

可是這兒這麼混亂，到哪裏去找晚禮服呢？她將怎麼給科萊塔找到合適的衣服呢？

妮基鎮定地看了看四周。

然後，她跳上一輛停靠在街邊的大貨車，用盡氣力喊道：

「嘿，朋友們！」

所有老鼠都轉過頭看她。

「這些都是我 遠道而來 的朋友，這位是從法國來的朋友！」

鼠羣中出現一陣嘈雜。

「從法國來的？」

「是的，我說的就是法國！」

「啊！真的那麼遠嗎？」

「我以乳酪的名義保證！」

妮基繼續喊着：「這位姑娘沒有合適的衣服參加舞會，我們澳洲鼠是最熱情好客的，一定會幫忙！對不對？」

襯衣

圍巾

披肩

帽子

帽子

皮帶

棒棒糖

配飾

「我們只需要參加舞會的衣服！大家能幫忙嗎？我們只需要粉紅色的衣服！」

很快，大家爭先恐後：

「我有一件粉紅色襯衫！」

「這是圍巾！」

「帶鉚釘的皮帶可以嗎？」

「一定要全部是粉紅的嗎？」

「我以乳酪的名義保證一定幫忙！」一個賣乳酪的攤販把他的房車讓出來給菲姊妹當試衣間。科萊塔先洗了頭髮，然後妮基、薇歐萊特、潘蜜拉和寶琳娜幫她打扮起來。

哇！

科萊塔太幸福了！

看到科萊塔喜笑顏開，姊妹們別提多**開心**了！

她們開始跳起舞來，跳呀跳，跳了幾個小時。她們陶醉在各種風格不同的音樂中，跟着節奏盡情地搖擺着。

突然，薇歐萊特發現周圍的面孔好陌生：**混亂**中她和她的同伴們走失了！

她試着叫她們，但是周圍的雜音實在太大。

她試着尋找她們，但是老鼠**實在太多！**

她想自己走丟了，丟了，丟了！

她絕望地看着老鼠們發呆，就在這時，周圍的老鼠一邊拍着手爪一邊往一旁閃開，讓出了一條**波浪形的過道。**

薇歐萊特完全不知道發生了什麼事。

她聽到周圍很多老鼠都在議論：「大舞會的優雅之星誕生了！之後還會選出可愛之星和運動之星！」

「誰是優雅之星？」

「是個金髮姑娘！是一個法國姑娘！」

「是那個穿粉紅色衣服的！」

「啊！真的是她？」

「我以乳酪的名義保證！」

「蔻蔻！」薇歐萊特看見科萊塔正要登上領獎台，高興地大聲喊。

科萊塔循聲望去，笑道：「那是我的朋友！請大家讓一下，讓她過來。」

薇歐萊特終於從鼠羣中出來了。

那裏有妮基、寶琳娜、潘蜜拉、比利，還有那些給科萊塔提供了幫助的老鼠，大家都在拍爪歡呼！

科萊塔美得像個**女王**！

當戴上「大舞會優雅之星」的皇冠時，她激動地眼裏**淚光閃閃**。

這是一個多麼難忘的夜晚！

寶琳娜拍了好多照片！舞會結束後，科萊塔將衣物飾品一件一件地還給大家，並**感謝**了所有幫助她的老鼠！

唭嚓！

唭嚓！

授予皇冠

優雅之星

比利……
你是什麼星呢？

可愛之星

運動之星

好美，好美，好美的煙花！！！

特殊治療！

摩帝馬也在柯迪默卡過了一夜，但是……是在醫務室！

接待他的**醫生**問道：「您就是腳踝脫白的那位嗎？」

摩帝馬回答：「是的！」

「您就是耳朵**發炎**，手腫的那位嗎？」

「是的！」

「您也是**感冒**的那位嗎？」

「是，是，是！」

「啊……」醫生感歎道，「那麼得好好地打一針了！」

摩帝馬嚇得臉色**慘白**。

那張臉就像是一塊莫澤雷勒乳酪！

「羅絲！」醫生喊隔壁房間的護士，「這就是我們一直在等的那位病人，他需要**特殊治療！**」

摩帝馬結巴地問：「什——什麼，什麼是特殊治療？」

這時羅絲護士正好進來，她捲起袖子說道：「來，讓我看看，看看……**啊哈！**需要打**一針**！不！是兩針！嗯，還是打三針，肯定就沒什麼問題了！」

羅絲拿來一個巨型**注射器！**看到那長長的針頭，摩帝馬霎時覺得自己全好了，現在他只想逃跑！

羅絲大笑了起來：「哈哈哈！**害怕吧？**別怕哦，感冒了其實只需要服用幾粒藥丸和喝一杯鮮榨橙汁就好了！」

羅絲護士

就這樣，摩帝馬在醫務室度過了整個晚上。

他睡着了，可是鮑勃卻怎麼也**合不了眼**。

父親的所作所為他一點也不贊成。那樣做太不應該了，**太不應該！**

但是自己要怎樣才能鼓起勇氣反抗他呢？

每當他試圖反抗的時候，父親就會突然變得**更兇**。

啊哈！

　　沒想到來了這兒，護士小姐反而給了他一點教訓。

　　窗外傳來節日的**歡聲笑語**。

　　可是鮑勃卻煩惱極了，沒有心情出門。

　　他多麼希望能和妮基一起過節……和她一起說笑、跳舞！

　　他的確可以這樣，要知道妮基此時就在他的不遠處。

　　可是，傻乎乎的鮑勃怎麼可能想得到呢！

第二天早晨，**摩帝馬**好多了。

鮑勃被猛然驚醒，還沒來得及跟父親說聲「**早上好**」，就被他拽着一起登上飛機，再次起飛了。

> # 目的地：
> # 內帕布拉！

我們太太太睏了！

醫務室不遠處的柯迪默卡火車站廣場前，正在演奏着一種獨特的音樂。

咿咿——呀呀——咚咚——鏘鏘……咚咚鏘！

咿咿呀呀令鼠昏昏欲睡！

所有鼠都睡着了！除了妮基。

她太焦慮了：她滿腦子想的都是她的羊、她的父母，還有陷入困境的農場！

比利在火車站大廳睡着了，妮基想儘快出發，於是去叫醒他！

但比利睡得太沉了，根本聽不到！

科萊塔醒了，她幫妮基繼續喊道：

「嘿，比利！」

沒想到叫聲招來了成千上萬的**埋怨聲**。

「是誰在喊？」

「幾點了？」

「啊！」

「**我們實在是太太太睏了！**」

科萊塔試着放低聲音溫柔地叫醒比利，但談何容易？

「**嘿，比利！**」她一邊叫喚一邊搖晃着他。

與此同時，妮基正小心翼翼地叫醒她的同伴們，生怕驚醒到其他鼠。

寶琳娜、薇歐萊特和潘蜜拉（尤其是潘蜜拉）齊聲抱怨道：「我們實在是太太太睏了！」

終於，她們掙扎着起來了，整理好行李來到 ➤ 比利身邊。比利還在呼呼大睡，於是姑娘們直接把他抬到了**露營車**裏。

妮基當起了司機。

「我們出發了，姊妹們！科萊塔，你好好

研究一下地圖上的路線！」

她們向內帕布拉前進！

妮基輕輕啟動發動機，她不想打擾到其他老鼠。

這時，一架飛機幾乎緊貼着他們的露營車低空飛過。

昏昏欲睡的老鼠們都被驚醒了。

「夠了！」

「真的！」

「我們實在是太太太睏了！」

結果，大家剛發完牢騷又都馬上睡了過去。

妮基把頭伸出窗外，去看那架飛機，她一眼就認出了它。

那是摩帝馬的飛機！

歡迎來到內帕布拉！

菲姊妹們繼續着她們的旅行。

噗哧……噗哧……噗……噗！

忽然，露營車熄火了！

她們的汽油用光了！由於急着出發，她們竟然忘了檢查燃油箱。

比利還在打着呼嚕……直到露營車熄火了他才醒來：「啊！我們這是在哪裏？」

「我們在去往內帕布拉的**途中**，汽車沒油熄火了！」妮基喊道。

這簡直就像是一場**惡夢**。

總是就差那麼一小步，到底還是到不了！

「沿路應該有加油站吧！」潘蜜拉說。

「是的，有一個。」比利一邊嘟囔一邊揉揉眼睛，「大概在前面二三十公里處。」

聽到這個消息，姊妹們的心都涼了。

比利這時完全清醒了，只見他拿起無線電：「麥切！我們需要你的幫助！」

大約半個小時過後，一輛帶有國家公園標誌的越野車朝他們駛來。

「麥切！」妮基、潘蜜拉、科萊塔和寶琳娜一同叫起來。

這是第二位24小時內就趕來幫助她們的老鼠！

比利幫菲姊妹們加

滿了油，然後安排麥切陪**菲姊妹**們去內帕布拉，自己則返回農場了。

妮基鬆了口氣。

終於離成功不遠了！

馬上就可以見到娜婭部落的**長老**，長老們一定有解毒的方法。

慢慢地，前方無路可走了。菲姊妹們和麥切不得不徒步前進……

各種**昆蟲**如雲霧般環繞着他們：綠頭蒼蠅、果蠅、蚊子、牛虻、蜻蜓、馬蜂、蜜蜂、**大胡蜂**……一路在他們的身邊，還真讓人有點**害怕**！

嗞嗞嗞嗞嗞嗞嗞嗞嗞嗞嗞嗞嗞嗞嗞嗞嗞嗞……

除了鸚鵡、昆蟲和樹熊，還有老鼠在近處偷偷看着菲姊妹一行……你能找到那是誰嗎？在哪裏？

還好，妮基帶了專門驅趕這些討厭昆蟲的驅蟲液。

突然，前方出現了一羣小土著鼠。

他們看上去很機警，頭髮和身體上都塗着一層泥漿。

泥漿是用來防蟲和防陽光的。

小土著鼠們集體向麥切問好：「你好，麥切叔叔！」

「他們是娜婭的曾孫！」麥切對菲姊妹們說。

「你們這兒的老鼠都是親戚關係嗎？！」潘蜜拉驚奇

地問道。

小土著鼠們齊聲向菲姊妹們打招呼：「滑稽的外地鼠！看你們那滑稽的鼻子，滑稽的頭髮，滑稽得不能再滑稽！」

菲姊妹們聽後爆笑不已。

突然，潘蜜拉感到頭皮發麻：小土著鼠們在追着巨大的長毛蜘蛛玩耍！

薇歐萊特知道潘蜜拉的反應，她們剛成為朋友的時候，潘蜜拉甚至被她的蟋蟀弗利里嚇得要死。

可是後來潘蜜拉慢慢克服了她的恐懼心理，甚至還救過弗利里一命！

「保持鎮定……」薇歐萊特悄聲對潘蜜拉說，同時挽起了她的手臂，「我來保護你！」

神秘的行蹤

終於來到了土著鼠居住的地方，菲姊妹們預計**娜婭**傳出的蜂鈴應該早就在幾天前到達了這裏。

現在是晚餐時間，土著居民區的篝火上正燉着**香噴噴**的濃湯。

「**有鼠在吃飯！**」寶琳娜叫道。

她們全都餓壞了！

一個土著女鼠出來迎接菲姊妹們。她又瘦又小，穿着一件樸素的花衣裳。

麥切向大家介紹道：「她是**莉莉**，我的未婚妻！」

說着，麥切和莉莉甜蜜地**擁抱**在一起。

此時，妮基焦急地環顧着四周說：「部落

長老們在哪裏？」

「他們**離開**了！」莉莉回答她。

這對於妮基來說真是晴天霹靂！

她好想哭啊！

「但是我……我必須跟他們談談！我走了幾百公里就是為了見到他們！」

莉莉明白她肯定有很重要的事情，但是她仍遺憾地説：

「可惜我**不能告訴你**他們在哪裏，那是個秘密的地方！只有我們土著鼠才可以去。」

妮基聽到她這樣説，差點兒就要**大哭起來**。

這麼説，自己大老遠趕來內帕布拉，難道努力都白費了嗎？

莉莉

薇歐萊特拍拍妮基的胳膊說:「項鏈!快把娜婭給你的項鏈拿出來!」

妮基太**焦急**了,幾乎忘記了這件最重要的東西!

「在這兒呢,你看!」妮基把項鏈拿給莉莉看,「這是我奶媽給我的!」

莉莉非常驚訝:「你的項鏈**很特別**!這是一條土著項鏈!這表明我可以信任你!」

莉莉終於告訴她們:長老們去了**紅色烏盧魯巨石**,這座山位於澳洲中部。

艾爾斯巨石（烏盧魯）

「我知道它!就是**艾爾斯巨石**!**烏盧魯**是它的土著名!」妮基驚叫道。

「如果你想見到長老們,你要去山中尋找。」莉莉說道。

然後她指着徽章上的沙漠小老鼠說道:

「它會給你指引方向的!」

妮基愣住了,一時之間不明白她
的意思。

莉莉安慰她說:「別擔心。到時候你就明
白了!」

莉莉和妮基說話的
時候,潘蜜拉正在專心
地翻她的袋子……

嗖嗖嗖!

突然,她摸到了一隻
巨大的蜘蛛!

她嚇得把袋子掉到
地上,蜘蛛慌忙逃走,
躲進了灌木叢。

小土著鼠們見了趕緊追過去。

就在這時，叢林裏傳來一陣絕望的尖叫：

「啊！這臭蜘蛛！」

那是**摩帝馬**的聲音！

他一直在偷偷跟蹤菲姊妹，一不留神**蜘蛛**徑直跳到了他的鼻子上！這下子就被菲姊妹們發現了他，他連忙夾着尾巴**逃跑**了！

有毒的蜘蛛！

世界上十大最危險蜘蛛中有七種產自澳洲。毒性最高的當屬悉尼漏斗網蜘蛛，牠是一種深色蜘蛛，身體直徑在 15~45 毫米之間（包括蜘蛛腿），牠在洞穴內的地面上織漏斗型蜘蛛網。

意大利惟一的危險蜘蛛就是褐寡婦蛛——黑寡婦蛛的近親。牠們通常藏生在石頭下、岩石下或者是古老的樹幹下。牠們很容易被識別，頭呈黑色，上邊布有紅色小點，體長在 4~15 毫米之間。

重新上路！

夜幕就要降臨了，但妮基並沒打算**休息**。

她看了一遍又一遍地圖：從內帕布拉到**艾爾斯巨石**之間的距離看上去遙不可及。

莉莉不明白她為什麼那麼焦慮。

「她怕來不及！」寶琳娜告訴莉莉，「她的羊羣迫切需要**解藥**治療！」

莉莉聽了，跑去拿來一根長長的藍桉樹枝，樹枝內部被挖空了，上邊有幾千個**彩色的小洞**。

「我知道它！」潘蜜拉說，「它叫做……吉吉力度！」

麥切打趣地糾正道：「那叫做迪吉里杜管！」然後他從未婚妻手中拿過樂器，對着管

子大吹了一口氣，樂器**響了起來**。那響聲特別奇怪，低沉卻十分有力。

嗚嗚……嗚嗚……嗚嗚……嗚嗚……

從很遠的地方也傳來了一陣迪吉里杜管聲，像是回聲一樣。

麥切正用它在跟誰交流呢！

不一會兒，他停了下來，轉身對妮基説道：「我給你們找了一條近路！明早你們就乘坐*飛行醫生*泰德的飛機出發吧！」

菲姊妹們終於可以去好好睡個好覺了。

可是潘蜜拉睡得並不好，她夢到了無數的

蜘蛛！

暈暈暈暈暈暈！！！！

第二天早晨，**菲姊妹**們正要出發，所有的土著朋友們都來和她們告別，那些小土著鼠也來了。

「再見了，滑稽的外鄉鼠！看你們那滑稽的鼻子，滑稽的頭髮！」

麥切和莉莉把她們送到飛機起飛的地方。

飛行醫生泰德正在那裏等着她們。

登機之前，菲姊妹們感謝了她們的新朋友：莉莉和麥切。

「真是一對善良的好鼠！」潘蜜拉感歎道。

在這裏，她們結交了這麼**真誠**的朋友，想到這裏大家心裏暖暖的。

因為在這世上，真誠的朋友是如此難得！

真誠的朋友是
如此難得！

爐子裏的莫澤雷勒乳酪！

*飛行*途中，妮基一直仔細觀察着天空。前一天晚上發生的事情讓她斷定：摩帝馬一定在跟蹤她們！

他知道她們要去哪裏！

在以後的旅行中，她們肯定還會遇到他的！

與此同時，摩帝馬已經到達了**艾爾斯巨石山**。

他本想給菲姊妹們設個陷阱！但是，但是，但是……有個新聞！

一個**大**新聞！

一個**超級大**新聞！

那天早晨他的兒子**鮑勃**跟他翻臉了：「夠了，爸爸，你別再指揮我了！」

艾爾斯巨石

摩帝馬

那是鮑勃第一次**不服從**爸爸的安排。

摩帝馬氣得又叫又喊，使勁踩腳，但都沒有用。

鮑勃捂住耳朵，假裝沒聽到。

然後，他轉身就走了。

就這樣，摩帝馬被孤零零地丟在了**艾爾斯巨石**腳下。

在烈日的炙烤下，那裏非常熱，非常熱，非常熱。

熱極了！

他覺得自己就像是一塊爐子裏的莫澤雷勒乳酪！然後他找了一個陰涼的地方躲了起來。

「這裏勉強可以休息一下……」他別無選擇，慢慢地睡着了！

火餤山！

　　烈日炎炎，**菲姊妹**們終於來到了艾爾斯巨石山下。一到目的地**泰德醫生**就跟姊妹們告別：因為他又接到**緊急求助**呼叫，必須趕緊出發。

　　「**太熱了！！！**我們歇會兒吧！在這裏等太陽下山再説吧！

　　菲姊妹們一起來到了一處**陰涼**的地方，圍在一起分析當前的情況。

　　寶琳娜和薇歐萊特把查到的關於艾爾斯巨石的資料跟大家講述了一遍：「雖然我們帶了**爬山工具**，但是一點用都沒有！聖山是禁止攀登的！」

艾爾斯巨石，土著人稱其為烏盧魯，是世界上現存最大的獨塊巨石。「獨塊巨石」的意思即指：一大塊完整的石頭。所以艾爾斯巨石是一座只有一塊石頭構成的巨石山。

肉眼可見的艾爾斯巨石長約3,600米，高約348米。事實上，整個石頭的體積遠遠超過這些數值：巨石一直延伸到地下700米處。

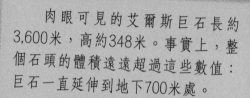

起風的時候，這些風和水侵蝕而成的峽谷間會發出「嘶嘶」的神秘響聲，很多神話傳說都以此為背景。

艾爾斯巨石聳立在一片完整的平地上。觀賞巨石的最佳時刻在傍晚或是黎明。那時，陽光使得巨石幾乎「活」了過來，一圈圈漸變的紅色彷彿火焰一般將整座山都點亮了。

艾爾斯巨石上保存有豐富的土著文化遺跡。比如岩石雕刻，目前此處已發掘的最古老的雕刻可以追溯到20,000年前！

妮基此時反覆思考着莉莉說的那些神秘的話：「你要去山中尋找」，以及「它會給你指引方向的」。

她出神地注視着徽章上的沙漠小老鼠：一個圖案怎麼可以給她指路呢？

妮基實在想不通……

終於，太陽下山了。在夕陽的映襯下，艾爾斯巨石是那麼的宏偉、神秘，真的像是一座火燄山！

妮基拿起望遠鏡仔細觀察着艾爾斯山。

誰知道哪兒才是進山的路呢？

莉莉那番話到底是什麼意思呢？

　　這時，遠處有鼠正在偷窺菲姊妹們……是鮑勃！

　　他一直擔心着菲姊妹！在和父親分開後，他就一直跟着五個女孩。

　　為了不打擾妮基，其他幾個姊妹正默默地跟在她後面。

　　她究竟在找什麼呢？

　　突然，妮基驚奇地發現那兒有很多岩石裂縫，這些裂縫很大，大到可以讓鼠通過。

　　她把望遠鏡遞給寶琳娜，然後説道：「也許某一條裂縫就是進山的路！」

　　寶琳娜拿着望遠鏡看了好一會兒，説：「也許吧，可是……我們怎麼才能知道哪條裂縫能進山呢？」

　　這時，潘蜜拉指了指妮基徽章上刻的小老鼠：「莉莉説過，『它會給你指引方向的』！」

線索！

薇歐萊特也拿着望遠鏡望了望岩石，她不斷調整**焦距**，忽然發現，那些岩石牢牢地嵌在一起，裂縫與裂縫之間有一些奇怪的痕跡。

薇歐萊特再次調整焦距。「就像是**長城**上的磚頭，整齊又牢固！」她吃驚地喊起來，並把望遠鏡還給了妮基，「你也來**看看**！你看到了嗎？」

在這些岩石上有很多沙漠老鼠。你發現了嗎，這些老鼠的尾巴都朝向哪裏呢？

　　妮基使勁睜大眼睛查看着這驚奇的發現，那是一些古老的土著雕刻！雕刻的有**波浪線**、螺旋紋、海龜、蜥蜴、鷹、**蛇**，還有**數不清**的沙漠老鼠，那些老鼠和娜婭徽章上的一模一樣！

來幫幫菲姊妹們吧！

　　觀察左頁岩石上的雕刻，看看沙漠老鼠。你看出什麼了嗎？

　　請在下面做筆記：

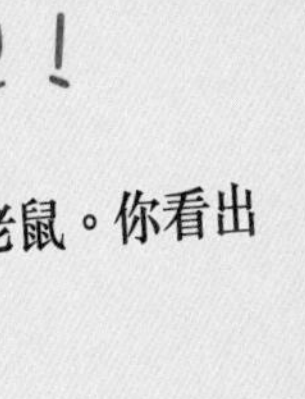

_____

_____

_____

_____

_____

關於尾巴的問題！

　　「我們走近去看看！」寶琳娜建議道，「我覺得，如果我們仔細研究那些**沙漠老鼠**，肯定會發現什麼！」

　　菲姊妹們走到聖山腳下，剛好停留在她們之前拿望遠鏡發現岩石雕刻的地方。

　　寶琳娜說得對！這上面有很多小老鼠圖案，仔細觀察可以發現它們的尾巴**都**不同！

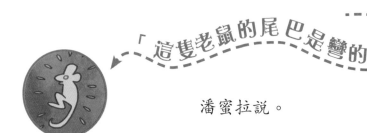

「這隻老鼠的尾巴是彎的！」

　　潘蜜拉說。

「這隻的尾巴是直的！」

薇歐萊特指着另一隻老鼠圖案説。

「這隻的尾巴是個箭頭！」

科萊塔觀察道，「就像徽章上的那隻一樣！」

妮基趕緊跑過來看，她叫道：「啊，是的！科萊塔，你真棒！這些**箭頭尾巴**就是用來指路的！莉莉説的一定是它！」

「對，沒錯！」姊妹們齊聲叫了起來。

就在這時，寶琳娜發現了一條很特別的**小路**。

「你們看！」

「太神奇了！」

「進山的路！」妮基驚叫道，她**激動**得心都快跳出來了。

夕陽微弱的**光線**照射在一條岩石間的小

路上，正如沙漠老鼠尾巴所**指向**的位置！

菲姊妹們激動得連耳朵都**豎起來**了。

事不宜遲。姑娘們決定馬上沿着小路前進。

走着走着，小路變得越來越狹窄，越來越難走了。

她們經過一個轉彎處之後，發現前面是一條非常狹小且昏暗的**隧道**。

薇歐萊特戰戰兢兢地說：「烏盧魯是一座**聖山！**也許貿然闖進會顯得大不敬。」

「但是我們沒有不尊敬她！」潘蜜拉說道。

「*我們當然沒有！*」妮基拿着徽章堅定地說，「我們不是貿然闖入，而是為了完成**任務**，這個徽章是我們美好信念的證明！它是娜婭給我們的，一定會保護我們！我們進去尋找長老吧！」

五個姑娘為了給彼此打氣，把爪子握在一起，集體喊起了她們的口號：「菲姊妹，

永不掉隊！」

　　然後，妮基拿起 手電筒 走在最前面，其他姊妹一個跟着一個在黑暗的通道中前進。

山中「山」

通道漸漸延伸到山底，腳下的路變得越來越陡峭、越來越滑。

姑娘們小心翼翼，必須時刻睜大眼睛，才可以避免滑倒。

突然，她們看到陰影處好像有什麼東西在動。

潘蜜拉吼道：「**那是什麼？**」

妮基把手電筒照向牆壁：「啊，**好大的蜈蚣！**」

潘蜜拉嚇得渾身發抖：「**哇哇哇！**」

「潘蜜拉別怕！」妮基、寶琳娜、薇歐萊特和科萊塔馬上過來，圍在她身邊安慰她。

「你還記得嗎？

菲姊妹，永不掉隊！」

她們都沒意識到，此時正有老鼠盯着她們。

那是三個神秘的土著長老！兩個男鼠和一個女鼠，都上了**年紀**。

第**一個**悄聲說道：「她們關係真不錯。」

第**二個**補充道：「這很好。」

第**三個**總結道：「很好很強大！」

菲姊妹們繼續前行。通道變得窄極了。

妮基**出了一身冷汗！**她無法忍受狹小的空間。

寶琳娜、薇歐萊特、潘蜜拉還有科萊塔不斷給她鼓着勁兒。

山中 「山」

「加油，妮基！」

「堅持住，妮基！」

菲姊妹們全然不知那
三個神秘的土著鼠正仔細
地觀察着這一切。

第一個悄聲説道：
「她們互相幫助。」

第二個補充道：「這很好。」

第三個總結道：「非常好！」

姑娘們繼續在窄道中前進着。誰也不知道
她們會走到哪裏！這裏簡直是個迷宮！

薇歐萊特此刻累透了。

「姊妹們，我實在走不動了！我快要崩潰
了！這通道到底會通向哪裏呢？天哪……」

終於到了，她們發現，這條小道的盡頭
是一個巨大而又昏暗的山洞，裏面堆着幾把篝
火。

起點

終點

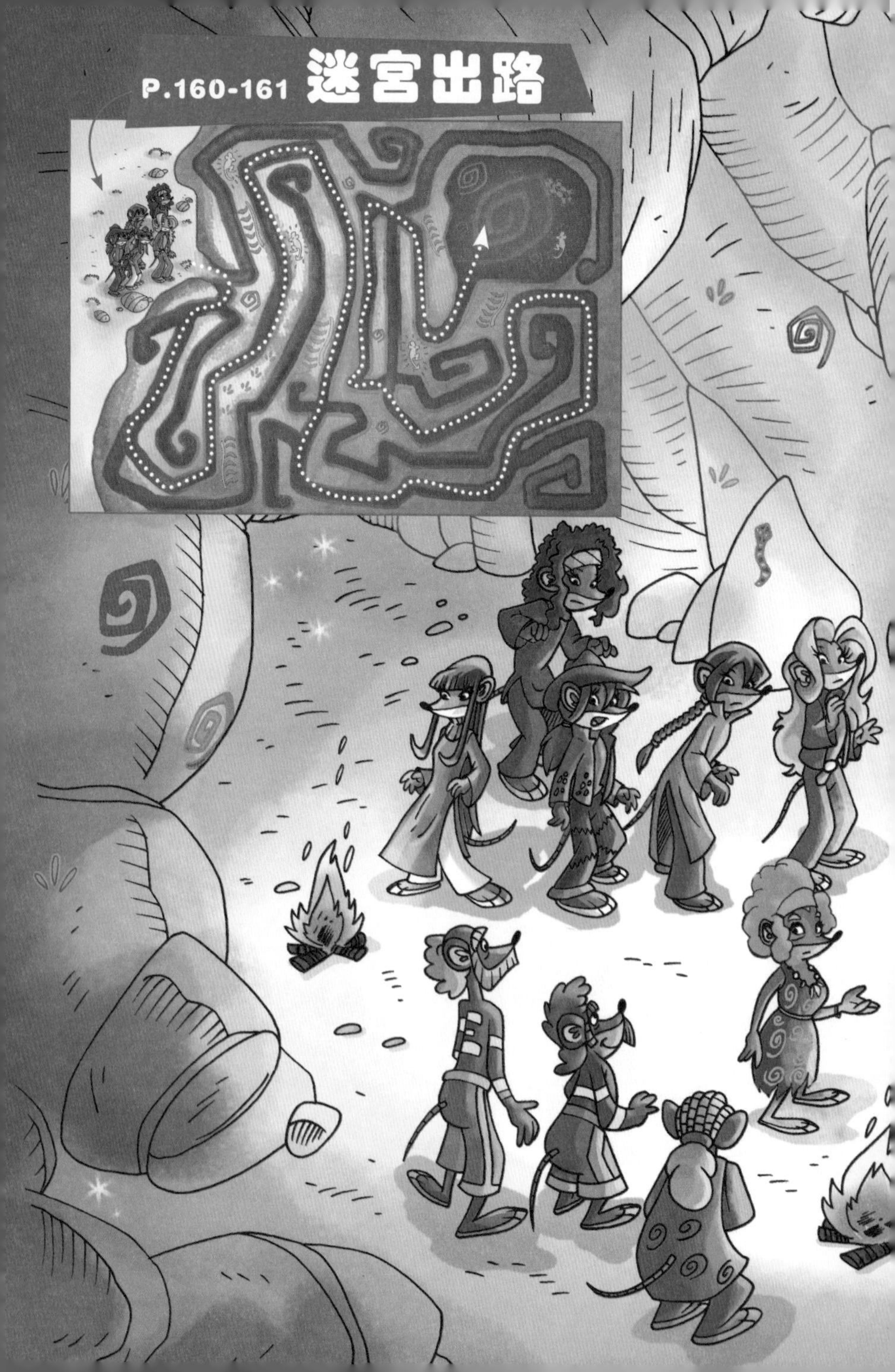
P.160-161 迷宫出路

火把周圍蜷伏着很多土著男鼠和女鼠，他們的身上畫着各種白色和黃色的圖案。

這就是傳說中的山中「山」？

菲姊妹驚訝得說不出話來。

她們**呆呆地**站在原地，這時她們聽到身後傳來了聲音。

「外鄉鼠，**你們好！**你們是在找什麼嗎？」

正是剛才那三個跟蹤她們的土著鼠。

博巴　　路吊莎　　納帕

他們都是這裏的長老，長長的頭髮盤結在頭上。

他們開始自我介紹。

「我是博巴。」

「我是納帕。」

「我是路易莎。」

菲姊妹們吃驚地問：「路易莎＊？」

路易莎大笑起來。

「哈哈，我的父母喜歡起奇怪的名字！」

「請問長老們在哪兒？我能見見他們嗎？」妮基説。

「我們就是長老！」他們回答道。

他們邀請姑娘們在火堆邊坐下來。

火上正煮着香噴噴的湯，他們用湯來招待這五個姑娘。

大家圍坐在一起，一邊吃，一邊聽妮基講述。

＊路易莎：聞名天下的勇士。

「我的奶媽娜婭說有一種樹根可以治癒所有的疾病，包括**鉛中毒**！她告訴我只有來到這裏，尋求長老的幫助才能找到解藥！」

三位長老又一次大笑起來。

博巴指着妮基的徽章說道：

「可是那樹根一直就在你身上！」

妮基聽了怔住了，她完全無法相信自己的耳朵！

「你是說……這條項鏈嗎？……」

納帕點點頭。

這簡直令人難以置信……**太荒誕**了！

她們穿山越嶺，歷經了那麼艱險、那麼多困難、那麼不可思議的**冒險**，就是為了幫助妮基找到神奇的樹根，而樹根……它一直都在她的身上！

隨後，路易莎告訴妮基一個詳細的藥方：

「對了！徽章就是用樹根做成的，而樹根正是你想要的藥材！」

「把這個徽章煮了！只需要一小塊，把它放在五十升的水裏！用慢火燉上三小時。你也可以放點鹽！羊兒們會喜歡的！」

妮基得馬上重新出發了。

但就在那個時刻，山洞裏傳來一聲絕望的叫喊。

救命！！！

S.O.S

死腦筋的摩帝馬

發生了什麼事？那是誰的喊聲？

是摩帝馬！

我們回顧一下：他被孤零零地丟在山腳下，他在一處**陰影下**睡着了……

炎熱和疲勞戰勝了他的意志力。他**沉沉睡**去，夢到自己成了澳洲，不，是**世界上**最富有的農場主！

一千隻，不，一萬隻，不，上百萬隻羊兒圍繞在他身邊！

由於睡得太沉，摩帝馬無意識地做了一些

摩帝馬，世界上最富有的農場主！

奇怪的事情！

事實上他在夢遊！

摩帝馬站起來，爬上了山脊，他可是完全閉着眼睛的！

那時，天已經黑了。

摩帝馬閉着眼睛一步步地前進着。

他抱着手臂在一條狹窄的小路上前進着。

他一直閉着眼睛，直到頭撞到了岩石

上。

「啊！痛死了！」

他突然間醒了過來，發現自己正抱着一片長滿荊棘的灌木叢。

「哎呀，痛死我了！」

他大聲喊叫着，結果一不小心掉進了一個大石縫內。

「哎呀，太恐怖了！救命啊！誰來幫幫我！」

這就是故事發生的經過！這就是**菲姊妹**

們和長老們聽到的那聲慘叫！

而那聲慘叫也驚醒了鮑勃——他一直偷偷跟隨着菲姊妹們！

五條特別的項鍊

一直在山洞內的鮑勃突然出現在菲姊妹們面前，菲姊妹大吃一驚，鮑勃對妮基說：「我知道你很**生氣**，你的確應該生我們的氣！但求求你，看在我們這麼多年**友誼**的份上，幫我把我爸爸從灌木叢中救出來吧！」

妮基想都沒想就拿起一根**繩索**，然後看着三個土著鼠，博巴、納帕還有路易莎：她在默默徵求他們的同意。長老們**滿意**一笑表示讚許，博巴悄聲說：

「**多麼寬宏大量的姑娘啊！**」

納帕補充道：「美麗、善良又寬宏大量！」

路易莎總結道：「能娶到她的老鼠**有福了**！」

他們很快就來到摩帝馬那裏，**但是**要說服他接受妮基的幫助可不那麼容易！

最終，摩帝馬還是下定決心，他用盡全力抓住**繩索**，被大家拉了上來。

獲救之後，摩帝馬有點尷尬地擁抱了鮑勃。

誰知道摩帝馬這次是不是真的接受教訓了呢？

之後，所有人都安然無恙地回到洞穴中。

離別在即。

長老們送給**菲姊妹**們五條特殊的項鏈，象徵着她們永恆的友誼。

鮑勃和摩帝馬發誓不會告訴任何鼠通往山洞的秘密小路。

博巴、納帕還有路易莎熱情地為姑娘們*送行*。路易莎擁抱了妮基：「再會了，小姑娘。你的羊需要你！你的朋友們不是一般的朋友，她們是真心朋友！你要永遠珍藏這份**難得的友誼！**」

妮基緊緊擁抱了路易莎，並向她表示了謝意。現在她終於可以回家了！

送給妮基的玫瑰！

「煮熟了的徽章」效果非常好，羊兒們特別喜歡它！

幾天之後，羊毛又長了起來，而且長得比以前還要濃密！

農場終於得救了！

羊兒可以趕上大剪羊毛的季節了，娜婭又可以賣牠們的羊毛了！

娜婭迫切地想要知道菲姊妹在內帕布拉以及和部落長老會面的情況，於是菲姊妹們跟娜婭講述了她們的冒險經歷。

妮基和父母通了電話，現在他們已經在回家的路上了。

妮基的父母非常想要認識她那幾位好姊

妹！

娜婭緊緊抱着妮基：「我為你驕傲！」

「都是您的徽章的功勞，**娜婭**！」妮基拿着項鏈回答道。

娜婭笑着搖頭：「你是説你的徽章吧！現在它是你的了，**我的小寶貝**！你值得擁有它！」

妮基眼中閃着激動的淚水。

真該好好慶祝一下這次的圓滿成功！於是，娜婭打算舉行一場宴會，她準備了很多好吃的，還叫了一個樂隊——**沙漠老鼠樂隊**！

大家都來了：泰德醫生、莉莉、麥切，他又開來了那輛裝點了花朵的露營車。

薇歐萊特獻上了自己的小提琴表演，潘蜜拉用土著鼠的節拍棒給她伴奏，寶琳娜則唱了一首西班牙語歌，科萊塔給她當伴唱；妮基和她的馬兒星星表演了一系列雜技動作。

農場大聚會！

薇歐萊特演奏小提琴。

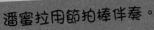

潘蜜拉用節拍棒伴奏。

科萊塔伴唱。

寶琳娜演唱西班牙語歌。

妮基表演騎馬。

那表演真是**棒極了**！

所有鼠都**鼓掌**鼓到爪子紅腫!

慶功會一直持續到凌晨，突然，農場上傳來一陣飛機的轟鳴聲，那聲音很近，越來越近。

那是**摩帝馬**的飛機！

摩帝馬用降落傘將一個鐵桶投到地上。

妮基臉色**慘白**：「莫非……

又是一次……？！

沙漠老鼠樂隊！

鐵桶慢慢降落下來，落在樂隊台前。

沙漠老鼠停止了演奏。那一刻，一切都靜了下來，四周彷彿籠罩着一股低氣壓。

妮基走過去檢查鐵桶，只見鐵桶上有一張小紙條！

「親愛的妮基小姐，對不起。我曾試圖破壞你的農場。事實上，我很嫉妒你們家的羊毛品質！但現在我明白自己錯了！請接受這些專門為你們的舞會所準備的禮物！你可以原諒我嗎？」

妮基微笑着聞了聞鐵桶裏的東西：是**蜂蜜汁**！看到這裏，大家都開心地大笑起來。

鐵桶旁還有**一朵紅玫瑰**，一張紙條上寫着：「鮑勃給妮基」。

那朵玫瑰就像是一個承諾。

妮基紅着臉聞了聞那朵玫瑰花。誰知道呢，也許有一天⋯⋯

但是此刻沒有時間多想了，熱情似火的樂隊正等待着重新開始演奏。

在歡樂的歌舞聲中，**菲姊妹**們奇妙的澳洲冒險結束了！

這是一次絕對令人難忘的**冒險**。

在冒險中，菲姊妹之間那 **珍貴的友誼** 更加堅固了！

第二天她們就得啟程返回**陶福特大學**了。畢竟她們現在還是學生，她們還得正常地學習、**考試**。

也許前方還會有無數的問題與**艱難險阻**正在等待着她們。但是她們將不會害怕，因為她們會永遠團結在一起，因為她們永遠是好朋友！

俏鼠菲姊妹
Tea Stilton

菲姊妹手記！

有袋目

澳洲是有袋目的故鄉。

有袋目屬於哺乳動物家族，是一些帶有特別標誌的動物。每一個雌性有袋目的腹部都有一個「口袋」，也就是育兒袋！

牠們把小寶寶裝在這個口袋裏來照顧，一直到小寶寶能夠獨立生活。

最有名的有袋目是袋鼠。牠也是最大的有袋目。事實上它高達2米（不算尾巴），一次起跳幾乎可以跳出9米遠！

有袋目的其他種類還有樹熊、沙袋鼠、袋熊、負鼠（一種老鼠！）、塔斯曼尼亞虎（已滅絕）以及速度很快的袋狸。

這些鄰都是育兒袋！

一個好主意！

目前流行的「袋鼠腰包」就是受到了有袋目口袋的啟發！

妮基

寫給我的妹妹——親愛的瑪利亞

親愛的妹妹：

今天我實現了人生中的一個夢想，我親手救了一隻……小樹熊！

當時我們正在一個藍桉樹林中行走，突然傳來一陣奇怪的聲音。我們環顧四周，發現了一隻小樹熊！那個小可憐！

牠掉進了一個深深的洞裏出不來了！

我馬上把牠救了出來！牠是如此乖巧！我把牠抱在懷中，牠還有一點發抖。

過了一會兒，我們把牠放在一棵樹上，一隻比較大的樹熊過來用爪子緊緊抱住了牠，那是牠的媽媽！

那隻乖乖的小樹熊讓我想到了你，我的寶貝妹妹！

我是如此愛你……那麼，那麼愛你……

你的姐姐

寶琳娜

令人驚奇的生物……

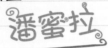

　　澳洲太讓人難以置信了！一個超級神奇的國家！這個神奇的國度經常讓我以為自己身處另一個星球，這個星球上到處是千奇百怪的植物和動物！

　　比如，有一天晚上……

　　烈日炎炎，一整天的暴曬之後，我們終於來到河邊休息。**太神奇了**！我往前跳了兩步……**哇**！整個人跳入水裏，涼爽的水令人立刻精神抖擻，突然——

　　「吱吱！救命啊！有**東西**蹭到我的爪子了！」

　　但那「**東西**」是什麼呢？牠有着鴨子一樣的嘴，海狸一樣的尾巴！牠究竟是什麼**東西**？

潘蜜拉

吱吱！

鴨嘴獸

身長：40~50厘米
體重：約1~2公斤
嘴長：5.5厘米

世上最奇怪的動物

牠有嘴和腳掌，就像鴨子一樣；但是牠的長指甲又和鼴鼠一樣！

牠能挖18米長的洞穴用來居住。

雄鴨嘴獸膝蓋背面有空心的刺，在牠遇敵時可釋放毒液。

牠很擅長游泳；捕食昆蟲（我有點受不了！）、小型水生動物比如小魚、青蛙、還有蝌蚪。

牠的尾巴扁扁的！牠吃塊莖、球莖、樹根、粟米、水果、樹皮。

牠屬於哺乳動物，以乳汁哺育牠的寶寶；但是牠又像鳥類以及某些爬行類動物一樣，通過下蛋來繁衍下一代。（這是不是有點混亂？）

東海岸線
澳洲
塔斯曼尼亞

鴨嘴獸居住在澳洲東海岸線沿岸以及塔斯曼尼亞地區，常出沒於湖泊、河流及激流旁。

又一個大冒險！

澳洲的駱駝？對我來說那是個噩夢！

「科萊塔，洗個頭放鬆一下吧！」我對自己說，但是……我沒有看錯，那些的確是真的駱駝，上面還有老鼠！我也要騎上駱駝……

回來的路上，我沒那麼興奮了，因為我的胃裏正翻江倒海。駱駝被稱為「沙漠之舟」，現在我明白為什麼了：騎着牠會有暈船的感覺！

十九世紀末，澳洲從非洲引進了一些駱駝。駱駝是沙漠中重要的運輸工具，因為那裏沒有火車和貨車。後來，當新的運輸工具出現時，人們就不再以駱駝為主要的運輸工具了。因為氣候適宜，駱駝在地廣人稀的澳洲繁衍很快，整個國家如今已有500,000隻駱駝了！

絕不——絕不——再也不騎駱駝了！　科萊塔

自己動手做！

記得戴朵花！

你們知道害羞草是產自澳洲嗎？我採了一株夾在書裏作為紀念。等它乾了，我會用它來給這次旅行的一張照片做裝飾。

我很樂意跟大家分享一下如何製作花朵和葉子標本！

當然，你可以在一些小飾品店裏找到專門用來製作花朵和葉子標本的工具。其實更簡單的辦法是把花朵和葉子夾在大書中間（在兩張吸墨紙之間更好，這樣書就不會被弄髒）或者夾在報紙中間，上邊要有重物壓着。當它們變得足夠乾的時候，只需要塗上一點膠水就可以用來裝點小紙條、書籤、照片以及所有你想裝飾的東西！

薇歐萊特

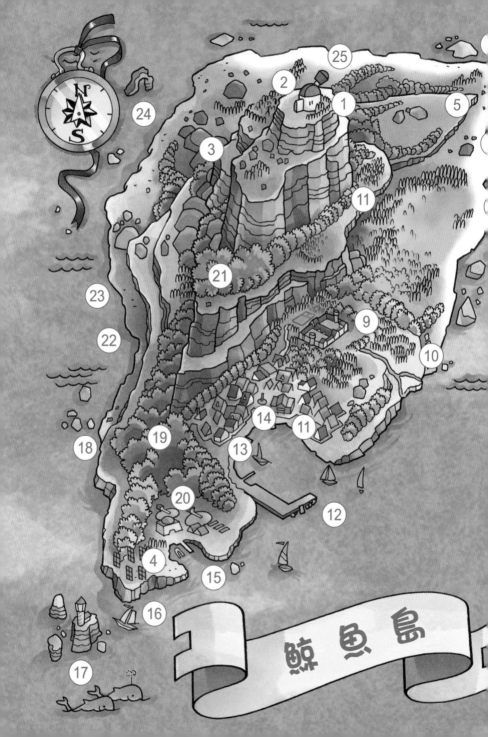

鯨魚島

鯨魚島

草藥園

校長
辦公室

北樓

食堂

禮堂

陶福特大學

陶福特大學

我們下一次冒險見！

俏鼠菲姊妹
Tea Stilton